あの日の背広

ARISATO Atsuko
有里 温子

文芸社

あの日の背広

あの日の背広

一

昭和二十年八月六日　父は広島の原子爆弾《げんしばくだん》にあった。それは、由紀が五歳《さい》の誕生日を迎《むか》えた次の日のことだった。

六日の朝、セミ取りの好きな由紀は庭に出たが、セミは由紀の手の届かない木の高いところにばかりいる。

セミをさがすために門を出て田んぼの近くまで来た時、つらなる山の谷間にあさがおのような形の濃い赤色の美しい雲が見えた。初めて見るその雲は、少しずつ溶けるように消えていく。由紀はおばあちゃんとお母ちゃんに教えてあげようと思いながら、あまりの美しさに足が動かなかった。

美しい雲を見たさに、次の日もその次の日も由紀は田んぼの近くまで行ったが、山の谷間にその雲を見ることはなかった。どうして出てこないのだろう。おばあちゃんやお母ちゃんに見せてあげたかったのに。

由紀は残念で仕方がなかった。

その雲が広島の町を焼きつくし、父を長く苦しめた恐《おそ》ろしいものだと知ったのは、ずっと後のことだった。

二

会社に勤める父は、四十分近く汽車に乗って広島駅で降りると、すぐ近くの市電乗り場に急ぐが、町の中心に向かって走るその電車は、朝はいつも混んでいる。この日も頑張《がんば》って乗ろうとしたが、父を乗せることなく電車は出てしまった。

次の電車を待っている時、鋭い光が辺りを走った。

「なに？」と、思う間もなく父は意識を失い、気が付いて立ち上がった時には周りの様子はまったく変わっていた。

建物はことごとく倒れ、崩れ、壊れている。そんな中に、倒れたままで動かない人もいる。

ここはどこで、自分はどうしてここにいるのだろう。きょろきょろ見回しているうちに広島駅を見つけることができた。

二メートルは飛ばされているように思えた。とにかく、駅に行ってみよう。

すれ違う人の姿が今までとは違う。

おかしい。

夏の暑さに人は薄着で半袖姿が多い。その肌が焼かれ、皮膚がはがれて垂れている。

やけどをして、顔はもちろん、胸深くまで赤く焼けただれ、破れたワンピースはそのままに、口元をかたく結んで急ぐ女性の姿の痛々しさに顔を伏せた。

周囲のあまりの変わりように驚いていると、「君もやられている」と中年の男性から声をかけられた。

「えっ！」

その言葉に初めて自分の様子に気付いた。今まで見てきた人達とまったく変わらない。しかし、ワイシャツの袖から出た手の甲がひどく焼けて赤く腫れていた。

「やられたんだ、僕も……」

それでも体に異常はなかった。洋服が守ってくれた。無性にありがたかった。

駅にたどり着いたが、もちろん汽車は動いていない。折り返し運転の汽車が二駅先から出ていると聞いて、家に向けて線路にそった炎天下の道を、休み休み歩いた。

途中、近所の人達が薬などを持って出ていて、怪我をした人に薬をぬったり、包帯を巻いたりと、面倒を見ていた。

「気を付けて帰ってください」

「おだいじに」

などと、父もやさしい声を掛けてもらい、お陰で家に帰る気力が湧いたという。

やっと乗れた汽車の窓から外を見れば、田んぼの稲は、青くのびのびとして風に揺れている、子供達の遊ぶ姿もある。

いつもと変わらない。

広島でのあの惨劇はなんだったんだろう。

一年近く前にある雑誌で読んだ記事に、アメリカでは今、怖い爆弾が研究され作られていると書かれていた。半信半疑で読んだが、間違いのない事実だったのだ。

でも今、自分はなんとか歩けて生きている。生まれ育ったあの家とあの土地がきっと助けてくれる。車窓の見慣れた景色をぼんやり眺めているうちに降りる駅に着いた。

三

疲れきった体で我が家に向かって歩きはじめたが、重い足はなかなか前に進まない。

近所に住む勤め帰りの青年が、そんな父を見て声を掛けてくださった。

「ここで待っていてください。室田さんに行って話してきます」

そう言うが早いか、駆け出して行った。二十分余りの田舎道を走りに走って家に着くと、息も絶え絶えに、玄関脇の戸袋に手をかけて「室田さんが……室田さんが……」と言うが、言葉が続かない。とぎれとぎれの言葉は「室田さんが今朝の爆弾にやられている。早く行ってあげてくださいい」。

声をしぼり出すように「早く、早く行って」と言った。

その青年は、いつもとは違って怖いほど厳しい顔をしている。

驚きと共に、おばあちゃんと母は荷車に簡単な寝具をのせて、急いで出て行った。

由紀と妹の紀子は、〝お姉ちゃん〟と呼んでいる女学校に通う叔母にしがみついた。

不安な気持ちを慰めるように、〝お姉ちゃん〟は二人をしっかり抱いて、「大丈夫、大丈夫よ」と、何度も言ってくれた。

薄暗くなった頃になって、ようやく玄関先に荷車が帰ってきた。包帯で顔を覆った父が、ふらつく体でゆっくり歩いてくる。朝、出掛ける時の元気な父の姿とはあまりにも違う。由紀は、あの人は本当にお父ちゃんなのかと思ってしまった。

井戸の冷たい水で体を拭いてもらっている父は「ありがとう、気持ちがいいよ」と言う。それはいつも聞く父の声だ。

胃腸が弱くて水を飲まない父に、〝お姉ちゃん〟がお茶を入れた。

「おいしい！」

一口を、ゆっくり飲んで、しみじみした口調で言った。

朝からの騒動に気を張って帰ってきた父は、やっと我を取り戻した様子だ。

寝間着に着替えた父が、母に連れられて奥の部屋に消えた。

「お父ちゃんのところに行ってはいけません」

戻ってきた母は、厳しい声で由紀と紀子に言った。

包帯で顔が見られなかったあの人のことが気になる由紀は、次の日の遅い朝、誰もいないことを確かめて、行ってはいけないと言われた奥の部屋のふすまを、音をさせないようにほんの少しあけて中を見た。薄い布団を掛けて包帯の顔を上にし、目をつぶったきのうの人が寝ている。由紀はすぐにそっとふすまをしめると、「やっぱりお父ちゃんだ。かわいそう」と、思った。

それから何か月、父に会えなかっただろう。

お見舞いに来てくださるほとんどの方が、父はおそらく長くはないだろうと思い、庭で遊ぶ私達姉妹を不憫に思ってくださっていたと聞く。父もまた、同じ思いだったようだ。子供を思うと死ぬわけにはいかない。なんとしても生きなければならない。由紀と紀子のことが頭から離れなかったと、後々話していた。

四

死にたいと思うほど苦しい現状と、子供のためにも死ぬわけにはいかないと、心の中で葛藤を繰り返していた時、父は、弟の竹晴が戦地で腎臓病になって、陸軍病院へ入院したとの知らせを受けた。

お国のために戦ってくると言って勇んで出征した竹晴叔父さんの、あの日の元気な姿が思い出される。

病気知らずで活発だった末っ子の竹晴が、どうして腎臓病になったのだろう。戦争が終われば、必ず変わらぬ姿で帰ってくる。そう信じていた父はひどく驚き、誤報であってほしいと願った。

甘えん坊だった竹晴は、今も兄である自分に助けを求めているだろう。なんとかしなければと思いながら、何もできない自分が悔しい。せめて、早く元気になって、竹晴に会いに行こう。父は、強く思った。

一方、おばあちゃんは竹晴叔父さんの元に急いだ。

竹晴叔父さんは、大部屋の端近くのベッドに横たわっていた。

「竹晴、たけちゃん」

おばあちゃんの呼ぶ声に、ぼんやりしていた目を急に輝かせ、「お母さん！　お母さん来てくれたの」と、驚きながらも喜んだ。

寝ていた体を起こした竹晴叔父さんには、召集された時の若々しさはなかった。痩せて一回り小さくなっている。お世辞にも元気そうとは言えない。寂しかったであろう。辛かったであろうと、おばあちゃんはその姿を見て泣いた。

竹晴叔父さんは、兄達の話を懐かしそうに、嬉しそうに聞いている。

「お兄ちゃん達がみんなで会いに来るそうよ」

とおばあちゃんが話すと、うなずきながら笑顔を見せた。

かわいがっていた犬のゴンのことも気になるようだ。

「僕の言うことがなんでも分かるんだ。かしこいんだよ」

自慢そうに話した。

戦地での話をしようとしない竹晴叔父さんが、おばあちゃんの顔を見て言った。

「お母さん、戦争は絶対にやってはいけないんだ。戦争をして、幸せになる人はいない。平和にもならない。僕は、分かったよ」

思ってもいなかった言葉に、おばあちゃんは、

「竹晴、ありがとう」

と、思わず、感謝の気持ちが口をついて出た。

竹晴の言葉が、母は嬉しい。

「疲れたでしょう。少し寝なさい」

「うん、でもお母さん、僕が眠っている間に帰るんじゃない？」

「帰るわけないでしょう。来たばかりよ」

「そうか、じゃ寝るね」

「あいかわらずの甘えん坊さん」

細くなった腕をなでながら、おばあちゃんがそう言うと、竹晴叔父さんは以前よく見せていた笑顔をちらっと見せて、穏やかな顔をして寝入った。

おばあちゃんは、それまで我慢をしていた涙が吹き出して止まらない。声を殺して泣いた。

五

おばあちゃんが病院に行ってから何日か過ぎた日、竹晴叔父さんは部屋を移ることになった。

病院では、病人の容体や状態を見てその人にあった部屋に移らせているようだ。

最初に入った部屋で、ずっと診てもらいたいと思っていたが、良くなることのない竹晴叔父さんは、重症者用の部屋に移るしかない。

竹晴叔父さんが常々、「あの部屋には移りたくない」と言っていた一番症状が重い人が入るその部屋に、移らざるを得ない日がきた。

症状が重くなると、同程度の症状の患者がいる部屋に移る。病院のやり方とはいえ、どうして患者を苦しめるようなことをするのだろうと、おばあちゃんの心も騒いだ。

弱っていく竹晴叔父さんは話をすることもなく、目をとじて苦しみに耐えているだけだった。声をかけるおばあちゃんの言葉に、時々、短い返事をするだけだった竹晴叔父さんが、ある時、突然かぼそい声で言った。

「お母さん、ずっとそばにいてくれてありがとう」

「え、どうしたの、当たり前じゃないの。良くなってほしいからそばにいるのよ」

「僕、お父さんのとこに行く」

「なに言ってるの？　お父さんはあの世よ」

「お母さん、ごめん！」

泣きながら言うその声は、覚悟を決めた声だった。

考えて、考えて、言った言葉に違いない。

母親にまで気をつかっている。

「竹晴、いかないで！」

声にならない声で、おばあちゃんは何度もつぶやいた。

母親に話して安心した竹晴叔父さんは、痩せた体をベッドにうずめている。そんな竹晴叔父さんに、おばあちゃんはいとおしさが込み上げてきた。

おばあちゃんの懸命な看病もむなしく、二十歳《はたち》に満たない身空で竹晴叔父さんは逝ってしまった。

家の裏の竹やぶの竹のように、すくすく育って長生きするようにと願ってつけた名前なのにこんなふうにして短い命を閉じるとは――。

言いようのない悲しい日々を、おばあちゃんは過ごした。

入院してからのあまりにも早い竹晴叔父さんの死に目に、健康を取り戻せなかった父は会うことができなかった。

六

家族が見舞いに行った折に託した手紙に、「良くなったら来てね」と、それだけの返事がきている。

何事も思うようにはいかないが、由紀と紀子のために負けてはならない。二人の娘に、生きていく姿を見せていこうと、父は思った。

この頃、近くのお医者さん達はまだ戦争から帰ってきていなかった。

一週間以上続く、黒くてドロッとしたコールタールのような尿が出る体を、診ていただくこともできない。

母は、遠くのお医者さんまで、まだ暗い早朝から出掛け、荷馬車で山を越えて薬をもらってきていた。その薬をやけどに塗り、乾燥させた薬草を煎じて父に飲ませていたのだ。

六時過ぎに学校へ通う子供達の声が聞こえてくるようになり、山が怖くて張り詰めていた気持ちがホッとしたと、時々話していた。

家の中では父の話が少なくなり、顔を見ることもできない日々に慣れた由紀は、少しずつ父のことを考えなくなっていた。

お正月には今年も晴れ着を着せてもらい、口紅も塗ってもらった。口紅が取れないように口をとがらせながら、嬉しくて家にいるみんなに見てもらった。でも、その年の父には見てもらえなくて、ちょっと寂しかった。

二月に入り、梅のつぼみが膨みはじめた頃、ようやく包帯が取れた父が食事を一緒にするようになった。

「お父ちゃんと一緒に食べる御飯のほうがおいしいね」

由紀が言うと、

「お父ちゃんも、由紀や紀子達の顔を見ながら食べる御飯ほどおいしいものはないよ」

と、心の底から喜んでいる。

笑顔のおばあちゃんも母も、やっとここまできたとの思いで、話がはずむ楽しい夕食となった。

暖かくなると、父は庭に出て歩くようになっていた。

咲きはじめたつつじを見ながら「春がきたね」と、眺めている。

「お父ちゃん、広場のつつじはもっといっぱいで、きれいよ」

「そう、見に行ってみようか」

「行こう」

久し振りに外に出る父は、少し不安そうではあったが、由紀と紀子は父と手をつないで十五分ほどの道をゆっくり歩いた。

広場のつつじは、父を歓迎するように見事だった。

入口からはいると、大きな株いっぱいに紅色の花を咲かせたつつじに、思わず足を止めて見入ってしまうほどの美しさだ。ところどころに、白と赤の花が交互に並ぶように植えてある。

学校の授業が終わる午後になると、子供達がやってきて賑やかな声が弾むのだが、午前中の広場には誰もいない。

「さいたさいた……」

と、『チューリップ』の歌を歌い始めた由紀と紀子は、まるで示し合わせたかのように、続く「チューリップ」の歌詞を「つつじ」に置き換えて歌った。父も加わって、三人は大きな声で歌いながら、赤白の花を見て回った。

ベンチで一休みしている父は、娘達と過ごせるこの幸せをしみじみかみしめているようだった。

由紀と紀子は広場を駆け回りながら大きな声で、「お父ちゃん」と呼んで手を振ると、お父ちゃんも負けずに手を振り返してくれた。三人は元気いっぱいだった。

家に帰ると、父は縫い物をしている母に、五月十日から会社に行くことにしたと伝えた。

顔を上げた母は言った。

「もう大丈夫なの？　心配だわ」

「心配なのは顔のやけどだけだ」

「やけどは、思っていたよりずっと良くなっているわ」

「お母さんのおかげだ。毎日大変だったね、ありがとう！」

「おばあちゃんも喜ばれる。気にかけていらっしゃるから」

「みんなに迷惑をかけてしまった」

「でも、治って本当によかったじゃない」

年の初めの頃は、まだ言葉少なに誰もがひっそりと過ごしていた。今はそんな日々とはまったく違って、家の中が明るい。

七

父が再び会社に行きはじめると決めた五月十日は、間もなくやってきた。

「由紀、お鉢《はっ》さんをお供えしてきて頂戴」

おばあちゃんの声も明るい。

炊きたての御飯は、最初に仏様にお供えする器に入れるが、この時はいつもよりきれいに盛ってあった。由紀は紀子と一緒に仏壇にお供えすると、丁寧に両手を合わせた。

朝食の前に、父は改まった口調で話した。

「今日を迎えることができたのは、おばあちゃん、お母さんと、みんなのおかげです。ありがとうございます。今日から出勤しますが、気をつけて頑張るので、これからも頼みます」

きのうと今日の区切りをつけるように、父は深々と頭を下げた。

おばあちゃんの目がうるんでいる。

「お兄ちゃんは、やっぱり背広がよく似合うわ」

〝お姉ちゃん〟の言葉にみんな笑った。

もうネクタイまで結んでいるお父ちゃんは、今日という日が来ることを待っていたのだ。嬉しいに違いないと、幼い由紀にも分かった。

夕方、いつもより少し早く帰ってきた父は、心なしかふさいだ顔をしていた。

「お風呂にゆっくりつかって、早く寝れば疲れは取れるわ」

母から言われるままにお風呂に入り、夕食も済ませると口を開いた。

「同じ課の多田さん、知っているだろう」

「ええ、赤ちゃんが十月に生まれるって、待っていらっしゃる方でしょう」

「うん、初めてのお子さんで家族の皆さんが楽しみにしていらしたが、その彼が亡くなっていた」

「どうして？」

「広島駅で僕が乗れなかったあの電車に、彼は乗っていたんだ。いつものに乗れなくてね。その電車が爆心地に近い勤め先近くまで来た時、爆弾が炸裂《さくれつ》した。人も電車も……。多田さんは、その電車で亡くなった。僕が乗るつもりで、乗れなかったあの電車で……」

「まぁ……」

「朝、会社の人達は僕が出社したことを喜んでくれた。僕も嬉しかったよ。それが昼になっても多田さんの姿がないので尋ねたら、話しにくそうに話してくれた。僕が死ぬかもしれなかった電車で、多田さんが亡くなったんだ。赤ちゃんが生まれるのを楽しみにしながら、その顔を見ることもなくね。由紀、生まれてくる赤ちゃんは、ずっとお父さんに会えないんだよ」

由紀の目から涙がこぼれた。

「僕も、どうなるか分からないと思っていたあの頃、由紀と紀子の顔がいつも目の前にあった。二人を残して死にたくない。いや死ぬわけにはいかないと、思い続けていた」

しばらくは、誰も言葉がなかった。

「赤ちゃんは元気な男の子でね、もう六か月になるそうだ。多田さん、悔しいね」

「赤ちゃんはそろそろ、はいはいをする頃でしょう。それは、かわいいわね」

「うん、そりゃーかわいいよ。おじいちゃん、おばあちゃん、それに弟さん達もね。多田さん、元気でいてほしかった……」

由紀が大きな声で言った。

「赤ちゃんはいっつも、お空からお父ちゃんに見てもらってるよ。だって、お父ちゃんだもの」

隣に座っている父は、由紀をきつく抱きしめた。

由紀の頭をなでながら、父は割り切れない心の内を話した。

「僕は辛いんだ。乗りたくて乗れなかった電車、次を待っていて、僕はなんとか助かった。僕が乗れなかったあの電車で、多田さんは亡くなったんだよ。仕方のないことかもしれないが、違う電車に乗っていてほしかった」

「そうね、本当にそうね……」

黙って聞いていたおばあちゃんが一言、

「あなたは、とても運がよかったのね。申し訳ないほど、ありがたい」

そう言うと、席を立って仏間に行った。

八

由紀が四年生になったばかりの四月、父は入院した。低い方の血圧がひどく下がり、最高血圧も通常の最低血圧と同じくらいの値になってしまった。

「頭の後ろから首にかけて、水でも流れているように気持ちが悪い」

と、時々言っていた父。

そのためかもしれないと、由紀は思った。

一か月かけて血圧は正常になったが、毎年同じ頃になると入退院を繰り返した。由紀が中学生になってから、やっと家での療養ができるまでに回復した。

被爆の後遺症は治ったと思っていた父だが、原爆の研究をしている病院や先生がいらっしゃることを聞くと、どこにでも訪ねて行き、診てもらっていた。

そうしたどの病院や先生方も異常は見つけられなかった。恐らく、黒いコールタールのようなドロッとした尿が、体内の毒を出してくれたのだろうと、おっしゃる。

血圧も正常に戻っていった。

父はすっかり安心して、今まで言葉にすることのなかった原爆のあったあの日のことを、時折ポツリと話すようになった。

毎年五月の天気の良い日に虫干しをして、大切な衣類を風に当て、虫食いなどを防いでいる。

父は、天袋に収めている洋服の箱をおろすと、あの日着ていて原爆でやられた背広を、箱から出して風に当てた。

「もう、処分しましょう。あの頃を、思い出したくないのよ」

と母は言うが、

「うん、でも、もう少し置いておこう」

と、父は譲らない。
父は背広を丁寧にたたむと、いつも大切そうに箱に入れて、天袋に収めていた。
もう何年、この様子を由紀は見てきたことだろう。
ところが、今年は違った。
「もう、処分しましょう」と言う母の言葉に、一瞬、迷う素振りは見せたが、
「そうしよう」
と、はっきり答えて、背広の箱を天袋に納めることはしなかった。
父は、やっとあの日を卒業した。

著者プロフィール

有里 温子（ありさと あつこ）

1940年８月５日、広島に生まれる。子供の頃から親の転勤により、東京、宇都宮、神戸などに転居する。

金城学院短期大学部卒業。

あの日の背広

2024年９月15日　初版第１刷発行

著　者　有里 温子
発行者　瓜谷 綱延
発行所　株式会社文芸社
〒160-0022　東京都新宿区新宿1－10－1
電話　03-5369-3060（代表）
03-5369-2299（販売）

印刷所　TOPPAN クロレ株式会社

ISBN978-4-286-25398-5　JASRAC 出2404692－401